D1829765

# Witzig garnieren mit Obst

Iryna Stepanova
Sergiy Kabachenko

# Witzig garnieren mit Obst

Deutsche Bearbeitung von Oda Tietz

Weltbild

# Inhalt

**Abkürzungen**
cm = Zentimeter
g = Gramm
ml = Milliliter
TL = Teelöffel
EL = Esslöffel

# Vorwort

Keck kommt die kleine Maus und fröhlich lachend das Pferdchen daher! Und sieht das Fischlein nicht lustig aus in seinem feuerroten Erdbeerkleid? Den Schnabel der witzigen Eule möchte man gleich vernaschen, er ist zum Anbeißen schön!

Die süßen Beerenwunder und tollen Früchtchen sind lecker, farbenfroh, appetitlich und komplett essbar, auch die Verbindungsstücke – ungekochte Spaghetti – können mitgegessen werden. Ob für eine Party, eine Geburtstagsfeier oder als Snack – die kleinen Kunstwerke sind ruck, zuck im Mund und gesund obendrein!

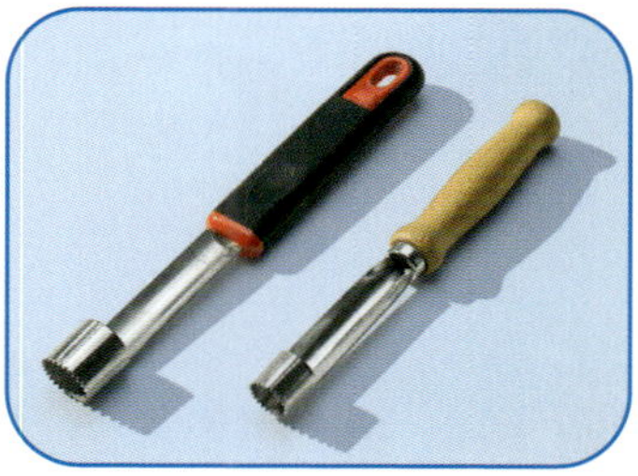

Halten Sie am besten eine Auswahl von Messern (Schäl-, Koch-, Universal- und Kanneliermesser) bereit. Kugel-, Kirsch-, Apfelausstecher und einige Ausstechförmchen sind ebenfalls nützliche Helfer. Doch auch schon mit wenigen Küchenwerkzeugen – einem Messer und ein bis zwei Ausstechformen – sind Sie gut gerüstet.

Wer gern schnippelt, mit Lust, Liebe und Fantasie garniert, kommt voll auf seine Kosten. Besonders Kinder werden gern mithelfen und freudestrahlend Pünktchen auf Glückskäfer stecken. Das Allerschönste aber ist es, nach dem vergnüglichen Fabrizieren die zauberhaft-schönen Leckereien gleich gemeinsam zu genießen.

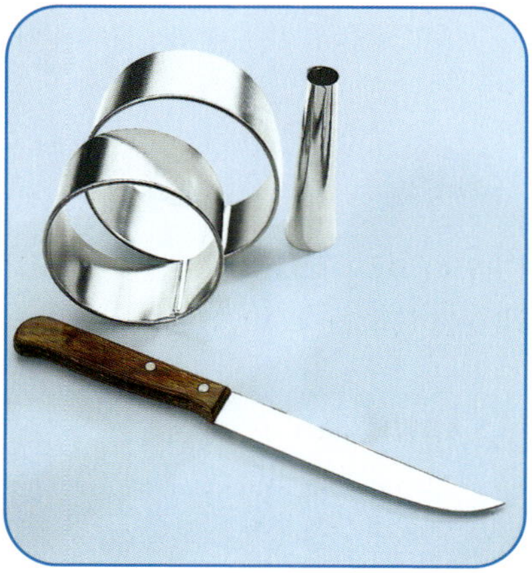

# Vitaminreiche Beerenwunder

Möchten Sie Ihre Familie, Gäste und Freunde mit einer kleinen erfrischenden Leckerei überraschen? Das ist ganz einfach! Mit ein paar Erdbeeren, Johannisbeeren, Kiwis und Bananen lassen sich feurige Drachen, kesse Bienen, kleine Faulenzer, hungrige Tiger und fesche Falter zaubern. Die Mühe ist klein, der Erfolg riesengroß! Im Nu sind die farbenfrohen Köstlichkeiten verputzt – aber Sie können ja rasch für Nachschub sorgen.

# Erdbeerfisch

**4 große feste Erdbeeren**
**1 schwarze Johannisbeere**
**$^1/_2$ Kiwischeibe**
**100 ml Schlagsahne**
**1 Päckchen Vanillezucker**

**1.** Die Erdbeeren waschen und putzen. Drei Erdbeeren in Scheiben schneiden, es sollen 15 Scheiben entstehen. Die Scheiben der Größe nach in Dreiergruppen sortieren ❶.

**2.** Die Erdbeerscheiben schuppenförmig aneinanderlegen, dabei mit den großen beginnen, die kleinsten für das Schwanzende verwenden ❷.

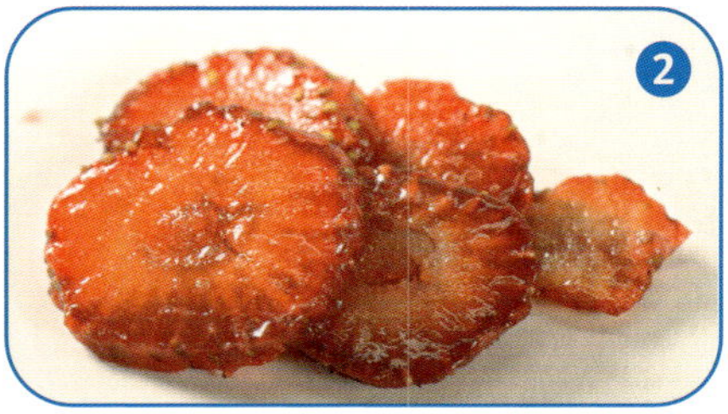

**3.** Die vierte Erdbeere längs teilen und mit der spitzen Seite nach vorn als Köpfchen anlegen. Eine schwarze Johannisbeere als Augen in die Kopfmitte drücken. Die halbe Kiwischeibe in vier Teile schneiden ❸ und als Flossen anordnen.

**4.** Die Schlagsahne mit dem Vanillezucker steif schlagen, in einen Spritzbeutel mit Sterntülle füllen, unterhalb des Fischleins eine Wellenlinie aufspritzen.

## Unser Tipp

*Verwenden Sie den Erdbeerfisch zur Dekoration von anderen Speisen, zum Beispiel auf einer Schüssel mit Grießbrei oder Biskuitpudding (→ Seite 94), oder arrangieren Sie den Erdbeerfisch auf einem Butterbrot als vegetarisches Abendessen. Ihre Familie wird begeistert sein.*

# Mini-Mäuschen

**2 große feste Erdbeeren**
**2 schwarze Johannisbeeren**
**1 dunkle Süßkirsche**
Außerdem: **1 bis 2 ungekochte Spaghetti**

**1.** Die Erdbeeren waschen, putzen und trocken tupfen. Mit einem spitzen Messer quer in die Mitte der einen Erdbeere eine Kerbe schneiden oder ritzen.

**2.** Die andere Erdbeere in drei Scheiben schneiden. Zwei Scheiben als Ohren in die Kerbe stecken (Bild). Den Rand der dritten Erdbeerscheibe abtrennen und als Schwanz anlegen.

**3.** Die Johannisbeeren waschen, trocknen und unterhalb der Ohren mithilfe eines Stücks ungekochter Spaghetti befestigen. Die Kirsche waschen, teilen, entsteinen und eine Hälfte als Schnäuzchen anlegen.

## Unser Tipp

*Reichen Sie zu Mini-Mäuschen zum Beispiel eine feine* **Quarkcreme** *nach folgendem Rezept (für sechs Personen):*
*3 Blatt Gelatine in etwas kaltem Wasser einweichen. 4 Eigelb, 125 Gramm Zucker und 1 Päckchen Vanillezucker cremig schlagen. Die bei geringer Hitze aufgelöste Gelatine unter die Eigelbmasse rühren. Zwei Stunden zugedeckt kalt stellen. 500 Gramm abgetropften Quark durch ein feines Sieb streichen und mit 150 Gramm Schmant und der Eigelbmasse verrühren. $^{1}/_{4}$ Liter Schlagsahne steif schlagen und unterheben. Alles in eine Glasschüssel füllen. Vor dem Servieren 100 Gramm Erdbeeren waschen, putzen und vierteln. 100 Gramm Himbeeren und 100 Gramm Brombeeren leicht abbrausen und mit den Erdbeeren vermischen. Auf der Quarkcreme verteilen und mit 2 bis 3 Esslöffeln Schokoladenraspeln bestreuen.*

# Schlauer Fuchs

**3 Erdbeeren**
**1 Aprikose**
**3 schwarze Johannisbeeren**
(oder Heidelbeeren)
**2 rote Johannisbeeren**
Außerdem: **1 bis 2 ungekochte Spaghetti**

**1.** Die Erdbeeren waschen und putzen. Die Aprikose waschen, trocken tupfen, in der Mitte durchschneiden, den Stein entfernen.

**2.** Eine Aprikosenhälfte mit der Schnittfläche nach unten legen, dann etwas einkerben. Neben der Kerbe mit einem Kugelausstecher etwas aushöhlen ❶.

❶

Eine Erdbeere in der Mitte teilen, jeweils die Rundung wegschneiden, die Stücke als Ohren in die Auskerbung in der Aprikosenhälfte stecken ❷. Die zweite Erdbeere in der Aushöhlung der Aprikosenhälfte mithilfe einiger Spaghettistücke befestigen.

❷

**3.** Die schwarzen Johannisbeeren waschen. Eine der schwarzen Johannisbeeren als Nase an der Erdbeerspitze befestigen, die beiden anderen in der Mitte durchschneiden. Die Hälften mit der Blüte nach vorn als Augen auflegen.

**4.** Die unbearbeitete Aprikosenhälfte mit der glatten Fläche auf einen Teller legen. Die andere Aprikosenhälfte, das herausgeputzte Köpfchen, darüberstülpen.

**5.** Die roten Johannisbeeren waschen. Die Johannisbeeren als Füßchen und die dritte Erdbeere als buschigen Schwanz mithilfe eines Spaghettistücks anbringen.

# Rote Katze

**2 große feste Erdbeeren**
(1 besonders dicke)
**1 Kiwischeibe** (etwa 1 cm dick)
**3 rote Johannisbeeren**
**1 schwarze Johannisbeere**
Außerdem: **1 bis 2 ungekochte Spaghetti**

**1.** Die Erdbeeren waschen und putzen. Am Stielansatz jeweils ein kleines Stück wegschneiden, damit beide Erdbeeren eine Standfläche erhalten. Die Reste beiseitelegen. Die dicke Erdbeere auf die geschälte Kiwischeibe setzen, an der oberen Seite glatt schneiden.

**2.** Aus der anderen Erdbeere rechts und links zwei kleine Stücke herausschneiden und aufgestellt als Ohren in die entstandenen Kerben stecken ❶, ein Stück ungekochter Spaghetti zur Befestigung verwenden.

❶

**3.** Als Nase eine gewaschene rote Johannisbeere mithilfe eines Spaghettistücks anbringen. Nun diese Erdbeere auf die dicke Erdbeere auflegen. Aus den beiseitegelegten Erdbeerresten einen möglichst langen Schwanz schneiden und anlegen.

**4.** Für die Augen die schwarze Johannisbeere in der Mitte einschneiden und auseinanderklappen. Die Mitte der Augen mit einem Zahnstocher längs einritzen und einen kleinen Johannisbeerstängel oder ein kleines Stück Kiwi einfügen ❷. Die Augen über der Nase ins Gesicht setzen.

❷

**5.** Die restlichen beiden roten Johannisbeeren als Pfötchen mit einem Spaghettistück anbringen.

## Unser Tipp

*Johannisbeeren stets kalt waschen und gut abtropfen lassen. Schwarze Johannisbeeren haben einen hohen Vitamin-C-Gehalt.*

# Kleiner Bulle

**4 große feste Erdbeeren**
(1 besonders dicke)
**1 Kiwischeibe** (etwa 1 cm dick)
**1 rote Johannisbeere**
**1 schwarze Johannisbeere**

**1.** Die Erdbeeren waschen und putzen. Die besonders große Erdbeere beiseitelegen. Zwei Erdbeeren in der Mitte durchschneiden. Die restlichen Erdbeeren hintereinanderstellen, die große kommt dabei nach hinten.

**2.** Eine Erdbeerhälfte als Kopf anlegen. Zwei der restlichen Erdbeerhälften durchschneiden und als Füßchen anlegen.

**3.** Für die Hörner aus der geschälten Kiwischeibe oben und unten ein kleines Rechteck herausschneiden ❶, dann die Scheibe hinter der Erdbeerhälfte anordnen.

❶

**4.** Die rote Johannisbeere waschen, trocknen, in der Mitte einschneiden, auseinanderklappen und als Augen vor den Hörnern anbringen. Aus den Kiwiresten zwei kleine Quadrate schneiden und darauflegen. Kiwikerne aufdrücken ❷.

❷

**5.** Die gereinigte schwarze Johannisbeere in der Mitte einschneiden, auseinanderklappen und als Nüstern vorn am Kopf anlegen.

## Unser Tipp

*Kiwis sind reif, wenn die Schale auf leichten Fingerdruck nachgibt. Sie können dann noch einige Tage im Kühlschrank gelagert werden. Das Aroma lässt sich mit einer Mischung aus Erdbeere, Melone und Stachelbeere vergleichen. Unreife Kiwis reifen rascher, wenn man sie zusammen mit einem reifen Apfel in eine Papiertüte steckt.*

# Feuriger Drache

1 **Banane**
3 **große Erdbeeren**
5 **kleine Erdbeeren**
3 **schwarze Johannisbeeren**
1 **Kiwischeibe** (etwa 1 cm dick)
6 **Sesamsamen**
Außerdem: **1 bis 2 ungekochte Spaghetti**

**1.** Die Banane schälen und in der Mitte teilen. Die Stücke der Länge nach durchschneiden, auf der runden Seite längs eine Kerbe einschneiden.

**2.** Ein Bananenstück als Schwanz anrichten. Von den anderen Stücken jeweils an der Schnittfläche ein Stück von 2,5 Zentimetern abschneiden. Die drei Bananenstücke an den Schwanz anlegen und die abgetrennten Stücke hochkant mit der glatten Fläche nach vorn daran anlehnen ❶.

**3.** Die Erdbeeren waschen und putzen. Von den großen Erdbeeren die Spitze abtrennen, und beiseitelegen. Die restlichen Erdbeeren längs in jeweils sechs Scheiben schneiden und hintereinander mit der Spitze nach oben in die Kerben klemmen, einige Scheiben bleiben zurück.

**4.** Die geschälte Kiwischeibe halbieren, eine Hälfte in drei Stücke teilen. Die großen Erdbeerstücke oben und unten einkerben, die Kiwistücke in die unteren Kerben klemmen, je zwei Erdbeerscheiben in die oberen ❷. Die Erdbeeren mit der angeschnittenen Seite als Köpfchen auf die hochkant gestellten Bananenstücke legen, mit einem Spaghettistück befestigen.

**5.** Die Johannisbeeren waschen und halbieren. Mit einem Zahnstocher je ein kleines Loch in die Beerenrundungen stechen und die Sesamsamen hineinstecken. Die Beerenhälften als Augen anbringen. Die beiseitegelegten Erdbeerspitzen teilen und als Tatzen anlegen.

# Ruhendes Kamel

1 Banane
2 Erdbeeren
2 Kiwikerne

**1.** Die Banane schälen. Ein Drittel abschneiden, davon die Spitze wegschneiden und beiseitelegen. Danach das Bananenstück längs mit dem Apfelausstecher aushöhlen, dabei ein etwa 4 Zentimeter langes Stück herausholen und in vier Scheiben schneiden.

**2.** Das ausgehöhlte Bananenstück mit der etwas breiteren Schnittfläche auf einen Teller setzen. Auf der Oberseite rechts und links vorsichtig zwei Bananenscheiben als Ohren auflegen.

**3.** Die Erdbeeren waschen und putzen. Eine Erdbeere von der Spitze zum Stielansatz zweimal durchschneiden. Zwei der Teile so zusammensetzen, dass das Mittelstück ein wenig hervorragt, zwischen die Ohren legen und darauf die beiseitegelegte Bananenspitze setzen (Bild).

**4.** In die restlichen beiden Bananenscheiben die Kiwikerne drücken und als Augen vorsichtig auf dem Kopf anbringen.

**5.** Die zweite Erdbeere als Körper hinter das Bananenstück legen. Von dem restlichen Bananenstück vier etwa 1 Zentimeter dicke Scheiben abschneiden und teilen. Zwei der Teile mit der gewölbten Seite nach oben rechts und links an die Erdbeere lehnen. Die restlichen geteilten Bananenscheiben vorn und hinten als Füße anlegen.

**6.** Mit einem Kugelausstecher zwei Höcker aus dem restlichen Bananenstück ausstechen und hintereinander auf die Erdbeere setzen.

## Unser Tipp

*Sommerlich frisch wirkt dieser Wüstenbewohner auf einer großen Scheibe Wassermelone.*

# Hungriger Tiger

**4 Erdbeeren**
**1 Banane**
**2 Kiwikerne**
**1 schwarze Johannisbeere**
Außerdem: **1 bis 2 ungekochte Spaghetti**

**1.** Die Erdbeeren waschen und putzen. Eine Erdbeere von der Spitze zum Stielansatz durchschneiden. Eine Hälfte nochmals quer teilen, die andere beiseitelegen.

**2.** Die Banane schälen und in Scheiben schneiden. Für die Schnauze eine halbe Bananenscheibe zwischen die quer geteilte halbe Erdbeere schieben und zusammen auf eine Bananenscheibe legen ❶.

1

**3.** Die restliche Erdbeere von der Spitze zum Stielansatz hin in Scheiben schneiden. Für den Tigerkörper zwischen fünf Erdbeerscheiben vier Bananenscheiben klemmen und auf einen Teller legen.

**4.** Als Ohren jeweils ein kleines Erdbeerstück mithilfe von Spaghettistückchen auf zwei Bananenscheiben befestigen, nebeneinander hochkant vorn an den Körper stecken.

**5.** Die beiseitegelegte Erdbeerhälfte mit der Wölbung nach vorn davorstellen. Zwei kleine Bananenstücke als Augen daran befestigen. Als Pupillen Kiwikerne hineinstecken ❷.

2

**6.** Aus den restlichen Erdbeerstücken vier Füßchen schneiden und rechts und links am Körper anlegen. Erdbeer- und Bananenreste abwechselnd zu einem dekorativen Schwanz zusammensetzen.

**7.** Zuletzt die schwarze Johannisbeere waschen, trocken tupfen und oben auf der Tigerschnauze als Nase anbringen.

# Kesse Biene

**1 Banane**
**1 Erdbeere**
**1 Mirabelle mit Stiel**
(oder 1 gelbe Kirsche mit Stiel)
**2 rote Johannisbeeren mit Stiel**
**4 Kiwischeiben** (etwa 1 cm dick)
Außerdem: **1 bis 2 ungekochte Spaghetti**

**1.** Die Banane schälen. Von der Spitze ein 4 Zentimeter langes Stück abschneiden und in vier Scheiben schneiden.

**2.** Die Erdbeere waschen und putzen. Am Stielansatz glatt schneiden, dann die Erdbeere längs in vier Scheiben schneiden.

**3.** Die Erdbeerscheiben zwischen die Bananenscheiben klemmen. Dabei mit der Bananenspitze beginnen und mit der Erdbeerspitze enden ❶.

❶

**4.** Die Mirabelle waschen und an der Erdbeerspitze mit einem Spaghettistück feststecken. Der Stängel der Mirabelle soll dabei den Rüssel bilden. Die roten Johannisbeeren als Augen an der Mirabelle befestigen.

**5.** Nun den Bienenkörper vorsichtig auf einen Teller legen und rechts und links zwei Kiwischeiben überlappend als Flügel anordnen ❷.

❷

## Unser Tipp

*So eine niedliche Honigbiene wird am besten zu einem* **Honigjoghurt** *serviert: Pro Person 1 Esslöffel gehackte Haselnüsse rösten. 1 Becher Trinkjoghurt mit 2 Esslöffeln flüssigem Honig verrühren und in ein Glas füllen. Die Haselnüsse mit 1 Prise Zimt vermischen und aufstreuen.*

# Fliegenpilze

**1 Banane**
**3 Kiwischeiben** (etwa 1 cm dick)
**3 Erdbeeren**

**1.** Die Banane schälen und in 2 bis 3 Zentimeter dicke Scheiben schneiden und drei Pilzstiele im Durchmesser von 2 Zentimetern ausstechen ❶.

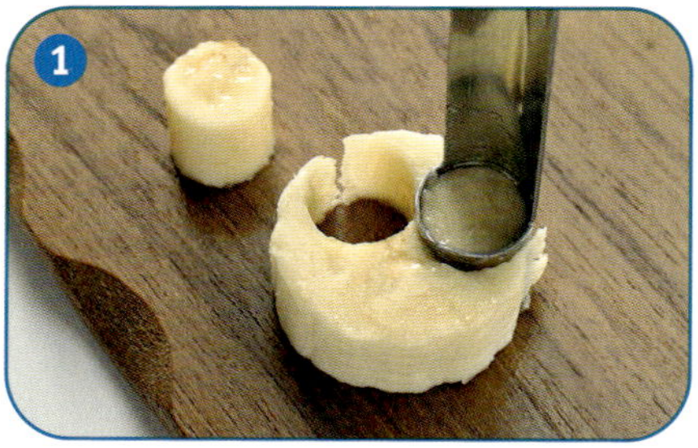

**2.** Die Erdbeeren waschen, putzen und am Stielansatz etwas aushöhlen.

**3.** Die Bananenstücke jeweils auf eine Kiwischeibe setzen, die Erdbeeren als Pilzhüte darüberstülpen ❷.

**4.** Auf die gleiche Art und Weise lassen sich auch »Steinpilze« und »Rotkappen« fertigen. Dazu ganz einfach anstelle der Erdbeeren halbierte Kirschen oder kleine Aprikosenhälften überstülpen ❸.

## Unser Tipp

*Bananen sind ebenso wie Tomaten kälteempfindlich und vertragen daher keine Kühlschranktemperaturen. Sie bevorzugen eine Lagertemperatur von 12 bis 20 °C bei leicht feuchter Luft. Bananen sind druckempfindlich, deshalb stets vorsichtig behandeln. Sie sind reich an Vitaminen und Mineralstoffen und leicht verdaulich – ideal als Nachtisch, Zwischenmahlzeit oder Reiseproviant.*

# Party-Pinguin

**3 Erdbeeren** (1 besonders große)
**1 Kiwischeibe** (etwa 1 cm dick)
**1 rote Johannisbeere**
**100 ml Schlagsahne**
**1 Päckchen Vanillezucker**
Außerdem: **1 bis 2 ungekochte Spaghetti**

**1.** Die Erdbeeren waschen und putzen. Die größte Erdbeere am Stielansatz glatt abschneiden, damit sie eine Standfläche erhält. Dann auf einen Teller setzen.

**2.** Die nächste Erdbeere ebenfalls unten glatt abschneiden, etwas aushöhlen ❶ und auf die große Erdbeere stülpen.

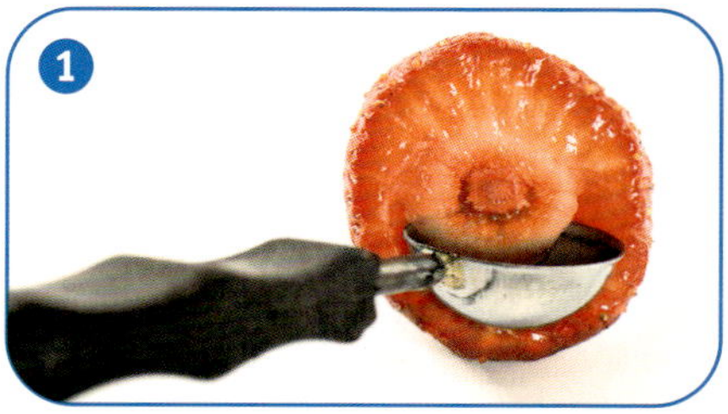

**3.** Für die Flügel die Mitte aus der Kiwischeibe so herausschneiden, dass ein 0,5 bis 1 Zentimeter dicker Rand übrig bleibt. Den so entstandenen Ring aufschneiden und über die zweite Erdbeere legen ❷.

**4.** Die dritte Erdbeere ebenfalls am Stielansatz glatt abschneiden, etwas aushöhlen und obenauf setzen. Ein kleines Stück Kiwi als Schnabel auf der obersten Erdbeere anbringen ❸, dazu mit einem Spaghettistück befestigen.

**5.** Für die Augen die Johannisbeere etwas einschneiden, aber nicht durchtrennen, sondern aufgeklappt über den Schnabel legen. Zwei Kiwikerne als Pupillen anbringen.

**6.** Die Sahne mit dem Vanillezucker steif schlagen, in einen Spritzbeutel mit Sterntülle füllen und um den Pinguin einen Sahnering aufspritzen.

# Fesche Falter

1 Kiwi
2 Erdbeeren
1 Süßkirsche
4 Kirschstiele
1 schwarze Johannisbeere

**1.** Die Kiwi schälen und in etwa 1 Zentimeter dicke Scheiben schneiden. Für den großen Falter auf einem Teller je zwei Kiwischeiben als Flügel untereinanderlegen. Von einer weiteren Kiwischeibe ein Drittel abschneiden und das größere Stück mit der Rundung nach oben zwischen die Kiwischeiben setzen ❶, das kleinere Stück zurückbehalten.

**2.** Die Erdbeeren waschen und putzen. Beide Erdbeeren vom Stielansatz zur Spitze hin in jeweils vier Scheiben schneiden ❷. Eine der geschnittenen Erdbeeren beiseitelegen. Die großen Erdbeerscheiben schräg auf die oberen Kiwischeiben legen, die kleineren mit der gewölbten Seite nach unten auf den Kiwischeiben darunter anordnen.

**3.** Die Kirsche waschen. Mit einem Zahnstocher ein Loch in die Kirsche bohren und zwei Kirschstiele als Fühler hineinschieben. Für die Augen zwei winzige Kiwistücke zuschneiden, als Pupillen jeweils einen Kiwikern hineindrücken, die Augen über den Kirschstielen anordnen.

**4.** Für den kleinen Falter das beiseitegelegte Kiwistück mit der Rundung nach oben auf den Teller legen, dann die restlichen Erdbeerscheiben anlegen: Die großen Erdbeerscheiben schräg ausrichten, die kleinen mit der gewölbten Seite nach oben darunter anordnen.

**5.** Ein kleines Loch in die Johannisbeere bohren und zwei Kirschstiele als Fühler hineinschieben. Wieder zwei winzige Kiwistücke zuschneiden, je einen Kiwikern hineindrücken und als Augen über den Stielen anordnen.

# Bissfester Hund

**2 Erdbeeren**
**2 weiße Johannisbeeren**
**1 rote Johannisbeere**
**1 schwarze Johannisbeere**
**1 Kiwischeibe** (etwa 1 cm dick)
Außerdem: **1 bis 2 ungekochte Spaghetti**

**1.** Die Erdbeeren waschen und putzen. Von der ersten Erdbeere unten am Stielansatz etwa 0,5 Zentimeter wegschneiden, damit sie eine glatte Standfläche erhält.

**2.** Rechts und links von der Spitze her aus der Erdbeere zwei etwa 1,5 Zentimeter lange Stücke herausschneiden. Nun diese abgetrennten Stücke mit der Spitze nach unten als aufgestellte Ohren in die Erdbeere stecken ❶.

1

**3.** Aus der zweiten Erdbeere an der Spitze ein Stück herausschneiden und mit dieser Lücke auf das stehen gebliebene Stück an der ersten Erdbeere schieben ❷, mit Spaghettistückchen befestigen.

2

**4.** Auf der Erdbeere rechts und links die weißen Johannisbeeren so als Augen anbringen, dass die Blütenansätze als Pupillen erscheinen.

**5.** Die rote Johannisbeere einschneiden, auseinanderklappen als Schnauze ins Gesicht setzen. Oberhalb der Schnauze die schwarze Johannisbeere als Nase befestigen. Die Johannisbeeren jeweils mit Spaghettistückchen befestigen.
Den fertigen Hundekopf auf eine geschälte Kiwischeibe setzen.

## Unser Tipp

*Stiele und Kelchblätter der Erdbeeren erst nach dem Reinigen mit leichter Drehung entfernen.*

# Bully Bulldogge

**4 Erdbeeren**
**3 Kiwischeiben** (etwa 1 cm dick)
**1 rote Johannisbeere**
**1 Süßkirsche**
**2 schwarze Johannisbeeren**
Außerdem: **1 bis 2 ungekochte Spaghetti**

**1.** Die Erdbeeren waschen und putzen. Drei Erdbeeren mit der Spitze nach oben im Dreieck auf einem Teller anordnen. Die restliche Erdbeere mit der Spitze am Dreieck anlegen ❶.

❶

**2.** Für die breite Bulldoggenschnauze eine Kiwischeibe teilen und eine Hälfte mit der Rundung nach unten an die liegende Erdbeere schieben, evtl. die Erdbeere vorher etwas einkerben, sodass die Kiwi etwas hineingeschoben werden und so stabilisiert werden kann.

**3.** Die rote Johannisbeere einschneiden, aufklappen und auf die halbierte Kiwischeibe setzen, am besten mit einem Stück ungekochter Spaghetti an der Erdbeere fixieren.

**4.** Die Süßkirsche waschen, entsteinen und auf das Erdbeer-Dreieck legen ❷. Davor die gereinigten schwarzen Johannisbeeren jeweils mit einem Spaghettistück als Augen anbringen. Als Ohren rechts und links die beiden übrigen Kiwischeiben anlegen.

❷

## Unser Tipp

*Beachten Sie beim Einkauf, dass Erdbeeren beim Transportieren schnell Druckstellen bekommen. Erdbeeren sind nicht lange haltbar. Im Kühlschrank lassen sie sich maximal zwei Tage aufbewahren. Sie sollten zugedeckt werden, denn ihr Aroma überträgt sich leicht.*

# Sperlingstanz

8 Erdbeeren
8 schwarze Johannisbeeren
8 Sesamsamen
Außerdem: **1 bis 2 ungekochte Spaghetti**

**1.** Die Erdbeeren waschen und putzen. Von vier Erdbeeren für die Schwanzfedern jeweils ein Stück vom Rand abschneiden und anlegen.

**2.** An der Oberseite der vier übrigen Erdbeeren jeweils ein Dreieck herausschneiden und halbieren ❶. Je zwei

Hälften als Flügel vorn auf die Schnittfläche der ersten vier Erdbeeren auflegen ❷. Die restlichen Hälften werden als Füßchen gebraucht.

**3.** Je zwei gereinigte schwarze Johannisbeeren als Augen in der Kerbe der Erdbeeren anbringen ❸, dazu ein Spaghettistück verwenden. Sesamsamen als Pupillen auflegen.

**4.** Nun die Erdbeer-Köpfchen auf den Körpern anbringen. Zuletzt die Füßchen anlegen.

## Unser Tipp

*Servieren Sie* **Erdbeermilch** *dazu: Für vier Personen 150 Gramm Erdbeeren waschen, putzen und halbieren. Die Erdbeeren mit 3 Esslöffeln Orangensaft und 2 Esslöffeln Zucker mischen, 10 Minuten durchziehen lassen. In einen Krug oder vier Gläser füllen, $^3/_4$ Liter Milch darübergießen, kurz umrühren und 1 bis 2 Esslöffel geröstete Mandelsplitter aufstreuen.*

# Kleine Faulenzer

**3 Erdbeeren** (2 mit Stielansatz)
**1 Kiwi**
**3 schwarze Johannisbeeren**
**6 rote Johannisbeeren**
Außerdem: **1 bis 2 ungekochte Spaghetti**

**1.** Die Erdbeeren waschen und putzen, dabei zwei Stielansätze beiseitelegen. Die Kiwi in dicke Scheiben schneiden. Vier Scheiben so ausstechen, dass ein dicker Rand übrig bleibt. Zwei der Ringe nur aufschneiden, einen halbieren, der letzte wird für Mund und Augen gebraucht.

**2.** Die beiden Ringhälften so aneinanderlegen, dass die Öffnungen nach außen weisen. Eine Erdbeere von der Spitze zum Stiel halbieren. Eine Hälfte mit der Spitze nach oben als Körper auf einen Kiwibogen legen, die andere an der Wölbung glatt schneiden und als Kopf anlegen ❶.

1

**3.** Einen der beiseitegelegten Stielansätze als Kopfputz auflegen. Auf der glatt abgeschnittenen Fläche zwei schwarze Johannisbeeren als Augen, darunter die rote Johannisbeere als Nase feststecken. Als Mund ein kleines Stück Kiwi, als Schuhe zwei rote Johannisbeeren anlegen.

**4.** Eine Erdbeere auf einen aufgeschnittenen Kiwiring setzen und von der Spitze her ein Viertel herausschneiden. Einen weiteren Kiwibogen darauflegen ❷. Das Viertel wieder feststecken.

2

**5.** Die übrige Erdbeere als Köpfchen mit einem Spaghettistück auf dem Körper befestigen, etwas einkerben und ein Stück Kiwi als Mund hineinschieben. Eine schwarze Johannisbeere einschneiden, auseinanderklappen und als Augen anbringen, für die Pupillen zwei Kiwistückchen auflegen. Die rote Johannisbeere als Nase anstecken und den zweiten Stielansatz aufsetzen.

# Leckere Pinguine

**1 Banane**
**2 Kiwischeiben** (etwa 1 cm dick)
**4 Erdbeeren**
Außerdem: **1 bis 2 ungekochte Spaghetti**

**1.** Die Banane schälen. Beide Enden etwa 5 bis 6 Zentimeter lang abschneiden. Die Enden auf die Schnittfläche stellen und mittig von oben nach unten durchschneiden.

**2.** An der Schnittfläche jeweils ein etwa 1 Zentimeter hohes Rechteck und in der Mitte rechts und links ein kleines Dreieck, von etwa 1 Zentimeter Tiefe wegschneiden ❶.

**3.** Vom Mittelstück der Banane zwei Scheiben abschneiden und jeweils teilen. Diese Hälften mit der Rundung nach innen jeweils auf eine Kiwischeibe oder zum Arbeiten erst auf einen Teller oder ein Holzbrett legen. Die zurechtgeschnittenen Enden daraufstellen. Die kleinen Hälften sollten jetzt als Füßchen genau in die Rechteckaussparungen passen.

**4.** Die Erdbeeren waschen und putzen. Zwei Erdbeeren von der Spitze her teilen. Die Hälften mit den Spitzen zueinander jeweils mit einigen Spaghettistücken an der glatten Seite der Banane befestigen ❷.

**5.** Die restlichen Erdbeeren von der Spitze her durchschneiden. Je eine Hälfte mit der Rundung nach oben und der Spitze nach vorn als Köpfchen auflegen.

**6.** Die beiden übrigen Hälften teilen und je zwei Flügel in die ausgeschnittenen Dreiecke an der Banane stecken. Aus Bananenresten vier kleine Quadrate für die Augen schneiden und Kiwikerne als Pupillen hineindrücken. Die Augen auf das Köpfchen setzen.

# Kecker Krebs

3 **Kiwischeiben** (etwa 1 cm dick)
**4 Erdbeeren**
**2 schwarze Johannisbeeren**

**1.** Die geschälten Kiwischeiben in der Mitte so ausschneiden oder ausstechen, dass ein 0,5 bis 1 Zentimeter dicker Rand übrig bleibt.

**2.** Die Ringe jeweils aufschneiden, zwei mit der Öffnung nach vorn hintereinanderlegen, einen weiteren dahinter anordnen, aber mit der Öffnung nach hinten ❶.

❶

**3.** Die Erdbeeren waschen und putzen. Zwei Erdbeeren in Scheiben schneiden. Die Scheiben schräg auf die offenen Kiwiringe legen.

**4.** Aus einer weiteren Erdbeere das Köpfchen fertigen. Dazu die Erdbeere an einer Seite etwas flach schneiden, damit sie gut aufliegt, und dann auf der Oberseite von der Mitte zum Stielansatz hin ein flaches Stück herausschneiden. Das Köpfchen vor den vorderen Kiwihalbring legen ❷. Auf der Schnittfläche die schwarzen Johannisbeeren als Augen anbringen.

❷

**5.** Die restliche Erdbeere von der Spitze zum Stielansatz halbieren. Die Hälften jeweils in drei Stücke schneiden und diese rechts und links als Krebsscheren neben dem Köpfchen anordnen, dabei das mittlere Erdbeerstück ein wenig zum Kiwihalbring ziehen ❸.

❸

Äpfel, Birnen und Aprikosen sind nicht nur ein Gaumen-, sondern auch ein Augenschmaus! Greifen Sie zu Messer und Ausstechförmchen und fabrizieren Sie nach Herzenslust farbenfrohe Glückskäfer, ulkige Affen, lustige Clowns, fidele Pferde und vieles mehr. Sie finden garantiert freudige Abnehmer für die putzigen Köstlichkeiten.

# Drollige Ameise

2 Aprikosen
4 Süßkirschen mit Stiel
2 rote Johannisbeeren
1 schwarze Johannisbeere

**1.** Die Früchte waschen und trocken tupfen. Eine Aprikose in der Mitte durchschneiden und entsteinen. Es wird nur eine Hälfte benötigt, in diese für die Augen rechts und links zwei Löcher von knapp 1 Zentimeter Durchmesser und in der Mitte darunter ein weiteres Loch ausstechen.

**2.** Danach die Aprikosenhälfte oberhalb der Augen noch etwas einkerben ❶. Von zwei Kirschen den Stiel entfernen und als Fühler in die Einkerbung stecken. In die oberen Löcher zwei rote Johannisbeeren und in die dritte Öffnung die schwarze Johannisbeere drücken ❷.

**3.** Die Kirschen waschen. Die restliche Aprikose auf einen Teller setzen, wenn nötig an der Unterseite etwas flach schneiden, damit sie Stand hat. Zwei Kirschen mit Stiel rechts und links als Arme anordnen, die Stiele dabei jeweils etwas unter das Köpfchen klemmen. Die beiden restlichen Kirschen ohne Stiel als Füßchen in die Mitte legen. Die Aprikosenhälfte als Köpfchen obenauf legen.

## Unser Tipp

*Beachten Sie beim Einkauf von Kirschen, dass die Früchte trocken sind und eine rissfreie glatte Haut haben. Kirschen sollten nach dem Einkauf möglichst rasch verzehrt werden. Möchten Sie sie länger aufbewahren, ist es ratsam, sie auf einem Tablett auszubreiten und kühl zu stellen.*

# Froschkönig

**1 roter Apfel**
**1 grüner Apfel**
**1 Pflaume**
**1 helle, feste Weintraube**
**1 Cranberry**

**1.** Die Früchte waschen. Etwa ein Drittel des roten Apfels als Deckel abschneiden und mit der flachen Seite nach oben auf einen Teller legen. Dann aus einer weiteren etwa 0,5 bis 1 Zentimeter dicken Scheibe zwei Kreise für die Augen ausstechen.

**2.** Vom grünen Apfel einen Deckel abschneiden und beiseitelegen. Nun waagerecht zwei weitere dicke Scheiben abschneiden. Die Scheibe mit wenig Schale halbieren. An einer Seite jeweils zwei Dreiecke herausschneiden, sodass je drei Zacken entstehen. Die Stücke hintereinander und mit den Zacken nach vorn auf die rote Apfelscheibe legen. Mit der restlichen grünen Apfelscheibe bedecken.

**3.** Den beiseitegelegten Apfeldeckel obenauf setzen und die Augen auflegen. Als Pupillen je einen Apfelkern auf die Augen legen.
Die Pflaume halbieren und entsteinen. Eine Hälfte etwas flach drücken und auflegen.

**4.** Das restliche Pflaumenstück flach drücken, eine Zunge ausschneiden und zwischen die beiden grünen Apfelteile stecken. In die Weintraube kleine Zacken schneiden und in die Mitte die Cranberry setzen. Die Traube als Krone auf dem Froschkönig platzieren.

## Unser Tipp

*Der Froschkönig passt gut zu einer* **Zimtcreme:** *Für vier Personen 3 Eigelb und 60 Gramm Zucker cremig schlagen. 1 Teelöffel Speisestärke in $^1/_4$ Liter Milch glatt rühren, mit 1 halbierten Vanilleschote, 1 bis 2 Teelöffeln Zimtpulver und 1 Prise Salz aufkochen. Die Vanilleschote entfernen. Löffelweise unter die Eigelb-Zucker-Masse rühren.*
*Unter ständigem Rühren erwärmen, bis die Creme eine sämige Konsistenz hat. Nicht kochen, sonst gerinnt das Eigelb. Die Creme unter Rühren auskühlen lassen. 200 Milliliter geschlagene Sahne unterheben. Die Creme in eine Schüssel füllen und bis zum Servieren kalt stellen.*

# Glückskäfer

**1 grüner Apfel**
**1 roter Apfel**
**2 blaue Weintrauben**

**1.** Die Äpfel waschen, vom Stiel zur Blüte hin durchschneiden, das Kerngehäuse entfernen. Von einer roten und einer grünen Apfelhälfte ein Drittel abschneiden und beiseitelegen. Die restlichen Stücke vom Stielende her halbieren und so auf einen Teller legen, dass sie am Stielende ein wenig auseinanderklaffen.

**2.** Aus den vier Apfelstücken mit einem Ausstecher jeweils drei Löcher etwa 1,5 Zentimeter tief ausstechen. Zwei der ausgestochenen Apfelkreise beiseitelegen, sie werden später als Augen aufgelegt.

**3.** Die beiseitegelegten Apfeldrittel (Schritt 1) als Kopfstücke anlegen: das rote Apfelstück mit der Schnittfläche vor die beiden grünen Apfelteile und das grüne vor die roten Apfelteile.

**4.** Die restlichen roten und grünen Apfelhälften schälen. Aus der grünen und roten Schale mit einem Ausstecher jeweils sechs Kreise für die Käferpunkte ausstechen. Die roten Kreise in die Einkerbungen der grünen Stücke und die grünen in die der roten Stücke stecken.

**5.** Mit einem scharfen Messer aus der restlichen roten Schale zwölf Streifen von etwa 0,5 mal 2 Zentimetern ausschneiden und als Füßchen anlegen.

**6.** Von den blauen Weintrauben ein Drittel wegschneiden und beiseitelegen. Die restlichen Stücke als Augen auf das grüne Kopfstück setzen. Die zwei ausgestochenen Apfelkreise (Schritt 2) als Augen auf das rote Kopfstück setzen. Von den Traubenresten zwei winzige Stückchen abschneiden und als Pupillen in die Mitte der Augen setzen.

## Unser Tipp

*Aufgeschnittene Äpfel verfärben sich nach kurzer Zeit unappetitlich braun. Wer die Marienkäfer nicht sofort nach Fertigung oder zumindest binnen einer Stunde verzehren möchte, sollte die Schnittflächen mit etwas Zitronensaft beträufeln. So kann der Verfärbungsprozess eine Weile aufgehalten werden.*

# Maus mit Löckchen

**1 Birne mit Stiel**
**1 runde Pflaume**
**2 blaue Weintrauben**
**1 Orangenscheibe** (etwa 1 cm dick)
**1 Minzezweiglein**
Außerdem: **1 bis 2 ungekochte Spaghetti**

**1.** Birne, Pflaume und Weintrauben waschen. Nicht den Stiel von der Birne entfernen.

**2.** Den Kopf des Mäuschens bildet die Birne. Diese an der Unterseite etwas flach schneiden, so liegt sie gut auf. Als Ohren aus dem abgeschnittenen Stück zwei Kreise von etwa 1,5 Zentimeter Durchmesser ausstechen und beiseitelegen.

**3.** Nun die Birne auf die Orangenscheibe setzen. Rechts und links ein ovales Stück für die Ohren herausschneiden. Die Ohren oberhalb der Schnittfläche mit einigen Stückchen ungekochter Spaghetti befestigen.

**4.** Die Augen entstehen aus der Pflaume. Dazu die Pflaume halbieren und entsteinen. Die Hälften etwas flach drücken und in der Mitte etwas aushöhlen. Die beiseitegelegten Birnenkreise mit der Schale nach vorn hineinstecken. Von einer blauen Weintraube zwei kleine Schnitzel abschneiden und auf den Birnenkreisen anbringen.

**5.** Die andere blaue Weintraube am Birnenstiel befestigen, dazu vorsichtig auf den Stiel schieben. Das Minzezweiglein als Löckchen zwischen die Ohren auf den Kopf legen.

## Unsere Tipps

*Man kann zwischen blauen, hellen und grünen Tafeltrauben wählen. Darüber hinaus gibt es Datteltrauben mit großen Beeren, die eine feste Schale haben, und weiße und blaue Muskattrauben. Beim Kauf stets darauf achten, dass die Trauben prall und unbeschädigt sind und fest am Stiel sitzen.*
*Auch Pflaumen sollten sich beim Einkauf fest anfühlen und keinesfalls am Stielansatz schrumpelig sein. Frische reife Pflaumen und Weintrauben weisen beide einen sogenannten Duftfilm auf, bei Pflaumen ist er eher wachsartig, bei Trauben pudrig.*

# Häschen Langohr

**2 Aprikosen**
**2 schwarze Johannisbeeren**
**1 Zuckerschote**
**1 rote Johannisbeere**
Außerdem: **1 bis 2 ungekochte Spaghetti**

**1.** Die Aprikosen waschen und trocken tupfen. Eine Aprikose in der Mitte durchschneiden und den Stein entfernen. Es wird nur eine Aprikosenhälfte benötigt, die andere kann anderweitig verwendet werden.

**2.** Aus der Aprikosenhälfte rechts und links Löcher für die Augen ausstechen. Dann an einer Seite zwischen den »Bäckchen« einen kleinen Schlitz in die Hälfte schneiden ❶, ganz sachte ein wenig auseinanderziehen. In die Löcher die gereinigten schwarzen Johannisbeeren stecken.

❶

**3.** Als Nase direkt an der Spitze des Schlitzes die rote Johannisbeere mit einem kleinen Stückchen Spaghetti anbringen.

**4.** Die restliche Aprikose auf der Unterseite etwas flach schneiden und danach auf einen Teller legen. Das Köpfchen etwas schräg dagegenlehnen oder mit einigen Stückchen ungekochter Spaghetti befestigen.

**5.** Die Zuckerschote öffnen und etwas auseinanderziehen, aber nicht trennen. Danach die Schote ❷ als Ohren oben in den Schlitz der Aprikosenhälfte stecken.

❷

## Unser Tipp

*Es muss nicht immer Schokolade sein! Dieses entzückende Häschen ist eine echte Bereicherung für den österlichen Frühstückstisch.*

# Goldkäfer

**1 Aprikose**
**2 schwarze Johannisbeeren oder Heidelbeeren**
**2 Süßkirschen** (Zwillingskirsche)

**1.** Die Aprikose waschen, trocken tupfen, in der Mitte durchschneiden und entsteinen. Es wird nur eine Aprikosenhälfte benötigt, die andere kann anderweitig verwendet werden.

**2.** Aus der Aprikosenhälfte rechts und links Löcher für die Augen ausstechen. Dann an einer Seite zwischen den »Bäckchen« einen Schlitz einschneiden und behutsam etwas auseinanderziehen ❶. In die Löcher die gereinigten schwarzen Johannisbeeren stecken.

**3.** Die Aprikosenhälfte auf einen Teller legen. Von der Zwillingskirsche den Stiel entfernen, aber nicht zertrennen. Es wird nur eine der Kirschen benötigt. Den Stein in der Kirsche lassen oder vorsichtig mithilfe eines Kirschentsteiners entfernen.

**4.** Mit einem Zahnstocher ein Loch in die Kirsche bohren ❷ und den Doppelstiel als Fühler hineinstecken. Die Kirsche als Köpfchen vor die Aprikosenhälfte legen.

## Unser Tipp

*Beachten Sie beim Einkauf von Aprikosen, dass die Haut straff ist. Reif sind die Früchte, wenn sie auf leichten Fingerdruck nachgeben. Aprikosen sollten rasch verbraucht werden, weil sie sonst ihr Aroma verlieren und welk werden.*
*Wird dennoch eine Aufbewahrung nötig, dann nicht länger als einen Tag in einer Papiertüte im Gemüsefach des Kühlschranks.*

# Krähe mit Beute

1 gelber Apfel
1 roter Apfel
1 Birne
1 Orangenscheibe
1 helle Traube
1 blaue Traube
1 Cranberry
Außerdem: **1 bis 2 ungekochte Spaghetti**

**1.** Die Äpfel und die Birne waschen. Von der Birne an beiden Seiten vom Stiel zur Blüte hin ein 1 Zentimeter dickes Stück abschneiden und beiseitelegen. Danach die Birne von der Blüte zum Stiel in der Mitte 8 Zentimeter breit einschneiden.

**2.** Vom gelben Apfel eine 1 Zentimeter dicke Randscheibe mit Schale abschneiden und teilen. An der Außenseite jeweils zwei kleine Dreiecke herausschneiden, sodass je drei Zacken entstehen. Rechts und links mit den Zacken nach außen in die Birnenöffnung stecken.

**3.** Die beiseitegelegten Birnenstücke mit den Schnittflächen zusammenlegen, dazwischen als leckere Beute eine halbe Orangenscheibe klemmen, das Köpfchen auf den Birnenkörper legen.

**4.** Für die Flügel vom roten Apfel eine nicht zu dünne Scheibe mit Schale abschneiden, teilen, mit der Schale nach vorn hinter das Köpfchen klemmen.

**5.** Die helle und die blaue Traube sowie die Cranberry in der Mitte teilen. Die Traubenhälften etwas aushöhlen. Die hellen Traubenhälften in die blauen schieben und die Cranberryhälften in die hellen Traubenhälften. Die Augen mit einigen Stückchen ungekochter Spaghetti auf dem oberen Birnenteil anbringen.

## Unsere Tipps

*So eine Krähe reicht für mindestens drei Personen, denn an ihr ist eine Menge »dran«. Nachdem sie eingehend bewundert wurde, kann sie zum Beispiel Stück für Stück zu einer leckeren Creme aus weißer Schokolade (→ Seite 95) oder einer Zimtcreme (→ Seite 48) verspeist oder in ein leckeres Müsli geschnitten werden. Birnen enthalten übrigens wenig Fruchtsäure und sind deshalb auch für säureempfindliche Menschen gut bekömmlich.*

# Hamster Nagezahn

**1 große Birne**
**1 roter Apfel**
**1 runde Pflaume**
**1 helle Traube**
**2 kleine blaue Trauben**
**1 Kumquat**
Außerdem: **1 bis 2 ungekochte Spaghetti**

**1.** Die Früchte waschen. Die Birne von der Blüte zum Stiel hin halbieren. Damit sie gut aufliegt, eine Birnenhälfte an der Seite mit Schale flach schneiden, dann mit der größeren Schnittfläche nach oben auf einen Teller legen.

**2.** Vom Apfel den Stiel entfernen, dann mit der Blüte nach oben hinlegen und recht nah nebeneinander zwei runde, etwa 1 Zentimeter dicke Scheiben abschneiden.

**3.** Danach den Apfel hinter der Blüte ein wenig einkerben und die beiden abgeschnittenen Scheiben als Ohren in die Kerbe stecken. Den Apfel mit den Schnittstellen nach vorn auf das Birnenstück setzen.

**4.** Die Pflaume halbieren und entsteinen. Die Hälften vor den Apfel auf die Birnenhälfte setzen und die helle Traube dazwischenklemmen, evtl. mit einigen Spaghettistückchen befestigen. Rechts und links über der hellen Traube die beiden dunklen Trauben anordnen, dabei auch hier einige Spaghettistücke zur Befestigung verwenden.

**5.** Die Kumquat quer vor die Pflaumenhälften legen. Aus der restlichen Birnenhälfte die Zähne schneiden, zwischen die Kumquat und die helle Traube klemmen. Zuletzt aus dem Birnenrest einen flachen Kreis von etwa 1,5 Zentimetern Durchmesser ausstechen und auf die Birnenspitze vor die Kumquat legen.

## Unser Tipp

*Kumquats sind pflaumenförmig und werden maximal 4 bis 5 Zentimeter groß. Sie haben das Aroma einer Orange. Die Schale kann mitgegessen werden, sie schmeckt süß-würzig und ein wenig bitter. Es empfiehlt sich, Kumquats stets kühl zu lagern, am besten im Gemüsefach des Kühlschranks. Allerdings können sie nicht lange aufbewahrt werden, da die Schale nicht behandelt wird.*

# Ulkiger Affe

**1 gelber Apfel**
**1 roter Apfel**
**4 Orangenstücke**
**1 Pflaume**
**1 Minzezweiglein**
Außerdem: **1 bis 2 ungekochte Spaghetti**

**1.** Die Äpfel waschen. Aus dem gelben Apfel zwei etwa 1,5 Zentimeter dicke Scheiben schneiden. Eine Scheibe auf einen Teller legen, die andere in der Mitte durchschneiden. Eine Hälfte so auf der Apfelscheibe auf dem Teller platzieren, dass die Ränder genau miteinander abschließen. Die andere Hälfte so dazwischenschieben, dass sie 2 Zentimeter weit herausragt.

**2.** Vom roten Apfel rechts und links eine Scheibe abschneiden. Die Scheiben in eine ovale Form schneiden und als Ohren mit der Schale nach vorn mithilfe von einigen Spaghettistückchen hinter der oberen Apfelscheibe befestigen.

**3.** Auf das eingeschobene Apfelstück zwei Orangenstücke mit der Rundung nach vorn legen. Ein Orangenstück teilen und rechts und links auf der oberen halbierten Apfelscheibe anordnen. Dazwischen ein weiteres Orangenstück mit der Rundung nach oben setzen.

**4.** Die Pflaume waschen, teilen, entsteinen und über dem mittleren Orangenstück platzieren, dabei an die Ohren anlehnen.

**5.** Aus einem Apfelrest ohne Schale einen Kreis von 2 Zentimetern Durchmesser ausstechen, teilen und vor die Pflaumen setzen. Aus roter Apfelschale zwei kleine Kreise ausschneiden und auf die Apfelstücke legen. Das Minzezweiglein zwischen die Ohren legen.

## Unser Tipp

*Birnen und* **Schokoladencreme** *vertragen sich gut: Für vier Personen 3 Eigelb mit 50 Gramm Zucker cremig schlagen. 1 Teelöffel Speisestärke in $^{1}/_{4}$ Liter Milch glatt rühren und mit 100 Gramm zerkleinerter Zartbitterschokolade, Vanille und 1 Prise Salz aufkochen. Löffelweise unter die Eigelb-Zucker-Masse rühren und bei geringer Hitze erwärmen, bis die Creme bindet. Nicht kochen lassen, sonst gerinnt das Eigelb. Kalt stellen.*

# Fideles Pferd

**1 gelber Apfel**
**1 Birne**
**1 Cranberry**
**2 Orangenscheiben**
**1 Minzezweiglein**
Außerdem: **1 bis 2 ungekochte Spaghetti**

**1.** Apfel, Birne und Cranberry waschen. Den Apfel auf der Unterseite etwas flach schneiden, damit er eine gute Standfläche bekommt. Danach eine große Spalte herausschneiden und das Kerngehäuse entfernen.

**2.** Den Apfel auf einen Teller legen. Für die Augen die obere Schnittfläche mit einem Apfelausstecher nebeneinander rechts und links 3 bis 4 Zentimeter tief aushöhlen. Die ausgestochenen Stücke als Augen etwa 1 Zentimeter tief in die entstandenen Öffnungen stecken.

**3.** Die Cranberry teilen und die Hälften jeweils als Pupille mit Spaghettistücken an den Augen befestigen.

**4.** Unterhalb der Augen den Apfel etwa 2 mal 2 Zentimeter tief aushöhlen, damit die Birnenspitze hineinpasst. Die Birne von der Blüte bis kurz vor die Spitze einschneiden.

**5.** Eine Orangenscheibe teilen. Eine Hälfte an der Schale in Abständen von 1 Zentimeter einschneiden. Die Birne am Einschnitt vorsichtig etwas auseinanderziehen und die eingeschnittene halbe Orangenscheibe als Zähne zwischen die Birne klemmen.

**6.** Für die Nüstern mit einer Ausstechform auf der Birnenoberseite zwei kleine Kreise ausstechen. Für die Ohren die Oberseite des Apfels etwas einkerben, die andere Orangenscheibe teilen und die Hälften in die Einkerbung schieben. Dazwischen noch ein Minzezweiglein stecken.

## Unsere Tipps

*Orangen sollten am besten dunkel und bei Temperaturen um 10 °C an einem gut belüfteten Platz aufbewahrt werden. Dann halten sie sich über zwei Wochen. Orangen enthalten sehr viel Vitamin C, allerdings verlieren die Früchte bei längerer Lagerung an Vitamingehalt.*
*Das fidele Pferd sorgt nicht nur bei Kindern für gute Laune; es ist obendrein ein toller Blickfang für kalte Platten aller Art.*

# Listige Schlange

1 Orange
1 grüner Apfel
1 Cranberry
1 helle Weintraube
1 blaue Weintraube

**1.** Die Orange waschen, trocken tupfen und halbieren. Von der einen Hälfte zwei Scheiben abschneiden und aufeinanderlegen.

**2.** Den Apfel waschen und einen langen Streifen abschälen. Es wird nur dieses Stück Schale benötigt, den restlichen Apfel anderweitig verbrauchen. Aus dem langen Streifen Apfelschale die Zunge mit der gespaltenen Spitze herausschneiden und anschließend zwischen die beiden Orangenscheiben klemmen.

**3.** Die Cranberry teilen und rechts und links als Zähne neben die Zunge stecken.

**4.** Die helle Weintraube ebenfalls teilen und als Augen auf die obere Orangenscheibe legen. Zwei kleine Schnitzelchen aus der blauen Weintraube herausschneiden und senkrecht auf den Augen anbringen. Die restliche Weintraube kann verspeist werden.

**5.** Für den Schlangenkörper die andere Orangenhälfte im Wechsel von oben und unten in Scheiben schneiden, die Scheiben aber nicht durchtrennen. Danach das Ganze etwas auseinanderziehen und am Köpfchen anlegen.

## Unser Tipp

*Diese Orangenschlange ist rasch gefertigt und macht sich gut als Garnierung auf einem* **Mandelpudding:** *Für vier Personen 100 Gramm geriebene Mandeln rösten und auskühlen lassen. 100 Gramm Butter und 100 Gramm Zucker schaumig rühren. 5 Eier trennen. Das Eigelb unter die Buttermasse rühren. Die Mandeln und 50 Gramm Semmelbrösel zugeben und unterrühren. Das Eiweiß steif schlagen und unterheben. Eine Puddingform einfetten, einige Semmelbrösel aufstreuen, die Puddingmasse einfüllen, glatt streichen und im leicht siedenden Wasserbad 45 Minuten garen. Den Pudding auf eine Platte stürzen und mit der Schlange garnieren.*

# Schneckenpost

3 Mandarinen
1 Kiwi bzw. 2 Kiwischeiben
(etwa 1 cm dick)
4 Cranberrys
4 Minzeblättchen

**1.** Die Kiwi schälen und in etwa 1 Zentimeter dicke Scheiben schneiden (Bild). Zwei große Scheiben auf einen Teller legen. Die Mandarinen schälen. Zwei Mandarinen als Schneckenhäuser jeweils mit der runden Seite auf die Kiwischeiben legen.

**2.** Die dritte Mandarine in Stücke teilen. Je ein Stück mit der Innenseite an die Mandarinen lehnen und darauf je zwei Cranberrys mit der Blüte nach vorn anordnen.

**3.** Die Minzeblättchen jeweils zwischen die Cranberrys stecken. Zuletzt hinten unter die Schneckenhäuser je ein Mandarinenstück klemmen.

## Unser Tipp

*Die Cranberrys sind Verwandte der Moosbeeren, Preiselbeeren und Heidelbeeren. Sie stammen aus Nordamerika. Ihr Geschmack ist erfrischend und ein wenig säuerlich. Sie schmecken jedoch weniger herb als unsere heimischen Preiselbeeren. Cranberrys können rund und oval sein. Ihre Schale ist hellrot bis kräftig dunkelrot mit weißlichen Stellen. Das Fruchtfleisch ist rosaweiß. Im Gegensatz zu den Preiselbeeren können sie auch ungekocht gegessen werden. Cranberrys können ansonsten wie Preiselbeeren verwendet werden und passen daher gut zu Wildgerichten. Darüber hinaus eignen sie sich vorzüglich für Kompott, Saft, Konfitüre oder Gelee.*

*Cranberrys halten sich bei Lagertemperaturen um 1 bis 3 °C monatelang, im Kühlschrank jedoch höchstens zwei Wochen. Die Beeren lassen sich außerdem gut einfrieren.*

# Witzige Eule

2 Aprikosen
2 schwarze Johannisbeeren
1 Erdbeerstielansatz mit Blättern
2 Zuckerschoten
Außerdem: **1 bis 2 ungekochte Spaghetti**

**1.** Die Aprikosen waschen und trocken tupfen. Eine Aprikose in der Mitte durchschneiden und den Stein entfernen. Eine Aprikosenhälfte beiseitelegen, aus der anderen rechts und links Löcher für die Augen ausstechen.

**2.** An einer Seite zwischen den »Bäckchen« der Aprikosenhälfte einen kleinen Schlitz einschneiden ❶, ganz behutsam ein wenig auseinanderziehen.

**3.** Eine der Zuckerschoten öffnen und etwas auseinanderziehen, aber nicht trennen. Anschließend die geöffnete Schote auf die ganze Aprikose legen ❷.

**4.** Die zweite Zuckerschote öffnen, die Spitzen abschneiden und als Füßchen anlegen. In die Löcher der Aprikosenhälfte die gereinigten schwarzen Johannisbeeren als Augen stecken.

**5.** Die beiseitegelegte Aprikosenhälfte auf die Schnittfläche legen. Eine Ecke abschneiden ❸ und mit der Spitze nach vorn als Schnabel zwischen den Johannisbeeren anbringen, zur Befestigung einige Stückchen ungekochter Spaghetti verwenden.

**6.** Das Aprikosenköpfchen auf die Aprikose mit der Schote setzen und den Erdbeerstielansatz als Federkrone anbringen.

# Roter Elefant

1 roter Apfel
1 grüner Apfel
2 Apfelkerne
Außerdem: **1 bis 2 ungekochte Spaghetti**

**1.** Die Äpfel waschen. Vom roten Apfel am Stielende einen etwa 3 Zentimeter dicken Deckel abschneiden. Den Deckel in drei etwa gleich große Streifen schneiden und diese beiseitelegen. Das restliche Apfelstück auf die Schnittfläche legen, oben an der Blüte etwa 3 Zentimeter tief aushöhlen (Bild), die dabei anfallenden Reste aufheben.

**2.** Von den beiden äußeren Streifen des Apfeldeckels jeweils einen etwa 1 mal 3 Zentimeter langen Schnitze für die Stoßzähne abschneiden und zunächst weglegen. Dann die beiden Streifen mit der Schale nach vorn oben in die ausgehöhlte Öffnung stecken, ggf. etwas zurechtschneiden.

**3.** Den Apfel mittig auf der Vorderseite etwas einkerben. Den mittleren Streifen vom Apfeldeckel mit der Schnittfläche nach oben hineinstecken.

**4.** Nun die beiden Schnitze aus Schritt 2 als Stoßzähne anlegen. Aus Apfelresten (Schritt 1) zwei kleine Stückchen von etwa 0,5 mal 1 Zentimeter mit der Schale nach oben auf den Rüssel legen.

**5.** Zuletzt für die Augen aus dem grünen Apfel zwei Kreise von etwa 1 bis 1,5 Zentimetern Durchmesser ausstechen und über dem Rüssel mit einigen Spaghettistückchen anbringen. Zwei Apfelkerne davorlegen bzw. mit den Spitzen in den Rüssel stecken. Den restlichen grünen Apfel für einen anderen Zweck verwenden.

## Unser Tipp

*Bei Äpfeln ist flottes Gestalten und Verspeisen angesagt, denn sie werden leider nach kurzer Zeit braun. Zwar kann die Verfärbung durch einige Tropfen Zitronensaft verzögert werden, aber frisch aufgeschnitten schmecken Äpfel doch am besten.*

# Kleines Krokodil

**1 Kiwi**
**1 Bananenscheibe**
**2 rote oder schwarze Johannisbeeren**
Außerdem: **1 bis 2 ungekochte Spaghetti**

**1.** Die Kiwi schälen und halbieren. Eine Kiwihälfte mit der flachen Seite nach unten auf einen Teller legen, das ist der Krokodilkörper.

**2.** Die andere Kiwihälfte der Länge nach in drei Scheiben schneiden. Für den Schwanz eine der Scheiben so zuschneiden, dass ein Dreieck entsteht. Die dabei anfallenden Reste beiseitelegen.

**3.** Nun das Dreieckstück als Schwanz mit der breiten Seite hinter die Kiwihälfte legen. Aus den Reststückchen vier kleine Füßchen schneiden und an die Kiwihälfte auf dem Teller anlegen.

**4.** Die beiden restlichen Kiwischeiben für den Kopf verwenden. Dazu die gewölbte Kiwischeibe auf die andere Scheibe legen und die Bananenscheibe dazwischenklemmen. Auf der oberen Kiwischeibe die Nasenlöcher mit zwei Kiwikernen andeuten.

**5.** Zum Abschluss die Johannisbeeren als Augen auf dem Köpfchen anbringen, zur Fixierung am besten kleine ungekochte Spaghettistückchen verwenden.

## Unser Tipp

*So ein kleines grünes Krokodil macht Kindern viel Spaß. Es ist so einfach zu gestalten, dass es sich hervorragend als Bastelei für einen Kindergeburtstag eignet. Als Stärkung können Sie dazu eine »Krokodilsmilch« aus schwarzen Johannisbeeren servieren. Hier ein Rezeptvorschlag für eine leckere* **Johannisbeermilch:** *Pro Person 100 Gramm Johannisbeeren waschen, von den Rispen streichen und in einen Mixer füllen. 2 Teelöffel Puderzucker, 1 Esslöffel Vanilleeis und $^1/_8$ Liter kalte Milch dazugeben, alles gut vermischen und danach in ein Trinkglas füllen. Mit einem Trinkhalm servieren. Anstelle von schwarzen Johannisbeeren können übrigens auch Heidelbeeren oder Erdbeeren verwendet werden.*

# Delikater Krebs

1 roter Apfel
2 blaue Weintrauben

**1.** Den Apfel und die Weintrauben waschen. Den Apfel vom Stiel zur Blüte hin halbieren und danach das Kerngehäuse entfernen.

**2.** Eine Apfelhälfte in drei Teile schneiden. Das mittlere Stück so zuschneiden, sodass es etwa 2 Zentimeter dick ist. Dann auf einen Teller legen. Dieses Stück bildet den Krebskörper.

**3.** Aus den beiden anderen Apfelteilen acht Stückchen von etwa 1 Zentimeter Breite, 4 Zentimetern Länge und 1,5 Zentimetern Höhe schneiden. Die Stückchen als Beine mit der flachen Seite nach unten ebenfalls auf den Teller legen, dabei jeweils vier Stücke fächerförmig zu beiden Seiten des Mittelstücks anlegen.

**4.** Nun für den Krebsschwanz aus der anderen Apfelhälfte zwei Dreiecke von etwa 3 Zentimetern Länge und 2 Zentimetern Höhe schneiden. Die beiden Dreiecke mit den Spitzen hinten am Krebskörper anlegen. Den Apfelrest beiseitelegen.

**5.** Vorn am Krebskörper die beiden Weintrauben als Augen anordnen.

**6.** Zum Abschluss aus dem beiseitegelegten Apfelrest zwei Dreiecke von etwa 5 Zentimetern Länge und 4 Zentimetern Höhe für die Krebsscheren schneiden. Die Dreiecke an der Seite mit Schale einschneiden oder ganz durchtrennen und an den beiden vorderen Beinchen anlegen.

## Unsere Tipps

*Dieser Krebs ist ein schnell angerichtetes Dessert nach einem Fisch- oder Meeresfrüchtemenü. Die Apfelstückchen lassen sich beispielsweise hervorragend in eine köstliche* **Zimtcreme** *(→ Seite 48) dippen, die Sie in einem kleinen Schälchen dazu servieren oder mit einem Spritzbeutel in Wellenlinien rings um den Krebs aufspritzen können. Sehr dekorativ wirkt dieser Krebs übrigens auch als Garnierung auf einer Fisch- oder einer Käseplatte. Wer mag, kann dem Krebs noch ein bis zwei Minzeblättchen als Beute zwischen die Scheren klemmen.*

# Kugelrundes Huhn

**1 roter Apfel**
**2 helle Weintrauben**
**2 blaue Weintrauben**
**2 Stück Mandarine**
**3 Mandeln**
**2 Minzeblättchen**
**1 Physalis**
Außerdem: **1 bis 2 ungekochte Spaghetti**

**1.** Den Apfel waschen und mit dem Apfelausstecher an der Blüte einstechen und das Kerngehäuse entfernen. In die Öffnung die gereinigten hellen Weintrauben stecken.

**2.** Aus dem Apfel an der Vorderseite ein 2,5 Zentimeter langes Dreieck herausschneiden. Rechts und links davon Löcher von 1,5 Zentimeter Durchmesser ausstechen ❶ und die blauen gereinigten Weintrauben hineinlegen.

**3.** Die beiden Mandarinenstücke mit den Innenseiten zueinander als Schnabel in das entstandene Dreieck klemmen ❷.

**4.** Die Mandeln halbieren und rechts und links in Dreiergruppen als Füßchen vor dem Apfel anordnen.

**5.** Rechts und links am hinteren Teil des Apfels die Minzeblättchen mit ungekochten Spaghettistückchen befestigen. Den Apfel mit der Physalis krönen.

## Unsere Tipps

*Eine Physalis ist reif, wenn die lampionähnlichen Hüllen hellbraun und papiertrocken sind. Das Aroma der Physalis erinnert an Kokosnuss und Ananas. Die Mandeln können vor dem Anlegen auch gehäutet und geröstet werden.*

# Pilze mit Käfer

1 roter Apfel
1 grüner Apfel
1 Birne
3 Minzeblättchen
3 rote Weintrauben
2 helle Weintrauben
2 blaue Weintrauben
Außerdem: **1 bis 2 ungekochte Spaghetti**

**1.** Die Äpfel, Birne und Weintrauben waschen. Vom roten Apfel einen Deckel abschneiden. Die Unterseite des Apfels etwas flach schneiden.

**2.** Vom grünen Apfel seitlich vom Stiel eine Scheibe von etwa 4 Zentimetern Durchmesser abschneiden und mit der Schale nach oben auf den roten Apfel setzen.

**3.** Von der Birne etwa ein Drittel von der Blüte zum Stiel hin wegschneiden, danach die gegenüberliegende Seite etwas flach schneiden und damit auf einen Teller legen. Den roten Apfel auf die schmalere Seite der Birne setzen, die Minzeblättchen danebenlegen.

**4.** Direkt neben den roten Apfel zwei rote Trauben setzen, damit diese fest stehen, am besten mit einigen Stückchen Spaghetti befestigen. Von zwei hellen Weintrauben das obere Drittel wegschneiden. Die größeren Stücke beiseitelegen, die kleineren etwas aushöhlen und als Pilzhütchen auf die roten Trauben setzen.

**5.** Eine blaue Weintraube in der Mitte teilen und die Hälften jeweils mit Spaghettistückchen auf den beiseitegelegten Resten der hellen Trauben anbringen. Diese fertigen Pilze neben den roten Apfel legen.

**6.** Für den Käfer die restliche rote Weintraube halbieren. Von der Hälfte noch etwa ein Viertel abschneiden, leicht einschneiden und dann auf den großen Pilzhut setzen. Die dritte blaue Weintraube halbieren und von einer Hälfte ein Drittel abschneiden und als Käferköpfchen anlegen.

**7.** Zuletzt aus der Schale der zweiten blauen Traubenhälfte sechs kleine Pünktchen schneiden und auf dem Marienkäfer verteilen.

## Unser Tipp

*Diese Pilze schmecken auch zum Frühstück. Sie können in einen leckeren Honigjoghurt (→ Seite 24) gedippt werden.*

# Quirlige Kuh

**1 Banane**
**1 Erdbeere**
**3 Kiwischeiben** (etwa 1 cm dick)
**2 schwarze Johannisbeeren**
**2 Sesamsamen**
**2 blaue Weintrauben**

**1.** Die Banane schälen und in der Mitte teilen. In eine Hälfte an der Schnittstelle ein Rechteck von 1 Zentimeter Tiefe und 1,5 Zentimeter Breite schneiden. Dahinter mit einem Ausstecher zwei durchgehende Löcher aus der Banane ausstechen.

**2.** Die Kiwischeiben in der Mitte ausstechen, sodass drei Ringe entstehen. Zwei der Ringe aufschneiden und diese Streifen durch die Löcher am Bananenstück fädeln ❶. Einen Kiwistreifen nach vorn ausrichten, den anderen nach hinten.

1

**3.** Aus dem restlichen Ring ein Stück herausschneiden und als Schwanz an das Bananenende legen. Die Erdbeere waschen und putzen. Von der Spitze zum Kelchblatt hin durchschneiden. Die Hälften aufeinanderlegen und mit der Spitze vorn an der Banane anlegen.

**4.** Von der restlichen Bananenhälfte vier Scheiben abschneiden und jeweils in der Mitte teilen. Ein Stück zwischen die Erdbeerhälften stecken. Zwei Stücke als Ohren anordnen.

**5.** Das restliche Bananenstückchen bogenförmig ausschneiden und mit der Rundung nach unten vor die Ohren setzen. Das dabei herausgeschnittene Stückchen mit der Rundung nach vorn davorlegen ❷.

2

**6.** Für die Augen die schwarzen Johannisbeeren mit zwei Sesamsamen als Pupillen auflegen. Die Weintrauben waschen, halbieren und auf die Enden der Kiwistreifen legen.

# Lustiger Clown

1 Birne mit Stiel
2 große Apfelscheiben
1 Brombeere
2 Kiwikerne
1 Physalis
1 Blutorangenscheibe
(oder 1 Scheibe rosa Grapefruit)
1 Minzezweiglein
Außerdem: **1 bis 2 ungekochte Spaghetti**

**1.** Die Birne waschen. Einen Deckel abschneiden. Das untere Birnenstück mit einer Apfelscheibe bedecken und den Deckel daraufsetzen ❶.

**2.** Aus der restlichen Apfelscheibe zwei kleine Kreise ausstechen ❷. Zwei Kiwikerne in die Mitte stecken. Die Augen mit ungekochten Spaghettistückchen am unteren Birnenteil befestigen.

**3.** Die Brombeere auf den Birnenstiel schieben. Die Physalis in der Mitte teilen und eine Hälfte als Nase mit Spaghettistücken unter den Augen anbringen. Darunter einen lachenden Mund in die Birne ritzen.

**4.** Eine am Rand zackig geschnittenen Blutorangenscheibe auf einen Teller legen und den Clownskopf daraufsetzen. Zuletzt den Minzezweig zwischen Apfelscheibe und Birnendeckel stecken.

## Unser Tipp

*Laden Sie doch mal zu einem lustigen »Obsttag« ein. Schnippeln und Essen in der Gruppe bringt Kindern und auch Erwachsenen viel Spaß.*

# Teekanne

1 roter Apfel
2 EL Zitronensaft
1 Scheibe von einem grünen Apfel
(etwa 1 cm dick)
1 Orange
1 Brombeere

**1.** Den Apfel waschen. An der Blütenseite einen Deckel abschneiden und anschließend das Kerngehäuse ausstechen.

**2.** Die Schnittfläche des Apfels mit dem Zitronensaft einstreichen, damit er nicht so rasch braun wird.

**3.** Nun den Apfel an der Seite mit einem Apfelausstecher etwa 2 Zentimeter tief aushöhlen. Das ausgestochene Stück als Kannentülle wieder 1 Zentimeter tief in die entstandene Öffnung schieben ❶.

❶

**4.** Danach für den Kannengriff ein 1 Zentimeter breites Stück aus dem Apfel herausschneiden ❷.

❷

**5.** Die Orange mit einem Kanneliermesser der Länge nach einkerben ❸. Dann zwei etwa 1 Zentimeter dicke Scheiben herausschneiden. Eine Scheibe als Henkel in den roten Apfel schieben.

❸

**6.** Die andere Orangenscheibe auf den roten Apfel legen. Den Deckel aufsetzen und in die Mitte die Brombeere legen.

# Fruchtige Tasse

**1 gelber Apfel**
**1 EL Zitronensaft**
**1 Kiwischeibe** (etwa 1 cm dick)
**1 Blutorangenscheibe**
(etwa 1 cm dick)

**1.** Den Apfel waschen. Einen 3 Zentimeter dicken Deckel abschneiden und anderweitig verwenden. Den Apfel so aushöhlen, dass ein stabiler, etwa 1 Zentimeter breiter Rand übrig bleibt ❶.

**2.** Das Innere des Apfels mit etwas Zitronensaft einstreichen. An einer Seite ein 1 Zentimeter dickes Stück aus dem Rand herausschneiden ❷ und die Kiwischeibe als Henkel hineinklemmen. Das Ganze auf die Blutorangenscheibe stellen.

**3.** Nun kann die Tasse noch nach Belieben gefüllt werden, zum Beispiel den Apfel mit 1 Esslöffel Orangenmarmelade ausstreichen. Nach Belieben eine Orangenscheibe so ausstechen, dass sie obenauf als Füllung in die Tasse passt ❸.

## Unser Tipp

*Die passende Kanne zu dieser Tasse finden Sie auf Seite 86.*
*Teekanne und Tasse sind übrigens die ideale Dekoration für einen Brunch.*

# Früchtekorb

1 Charentais-Melone
1 Karambole
10 helle Weintrauben
10 blaue Weintrauben
1 Erdbeere
1 Minzezweiglein
Außerdem: **1 bis 2 ungekochte Spaghetti**

**1.** Von der Melone im Zickzackschnitt oder in Wellenlinien einen Deckel abschneiden und beiseitelegen. Die Melone etwas aushöhlen ❶.

❶

**2.** Den beiseitegelegten Melonendeckel auf die angeschnittene Seite legen, teilen, danach eine 2 bis 3 Zentimeter dicke Scheibe abschneiden. Das Fruchtfleisch herausschneiden oder ausstechen ❷. Den Halbring als Henkel mit einigen Stückchen ungekochter Spaghetti befestigen ❸. Oben am Henkel das Minzezweiglein anbringen.

❷

❸

**3.** Die Karambole waschen und in Scheiben schneiden. Die anderen Früchte ebenfalls waschen, abtropfen lassen und mit der Karambole vorsichtig in die Melone geben.

## Unser Tipp

*Karambolen, auch Sternfrüchte genannt, sind reif, wenn das durchscheinende Fruchtfleisch goldgelb bis bernsteinfarben ist. Reife Früchte sollten rasch verbraucht werden, sie sind sehr empfindlich und halten sich nicht lange.*

# Tannenbaum

1 grüner Apfel
1 Physalis
1 bis 2 EL Zitronensaft
15 Cranberrys
Außerdem: **1 bis 2 ungekochte Spaghetti**

**1.** Den Apfel waschen und in Scheiben schneiden. Aus den Scheiben jeweils das Mittelstück mit dem Kerngehäuse ausstechen ❶. Die ausgestochenen Scheiben mit Zitronensaft marinieren, damit sie nicht so rasch braun werden.

**2.** Die Hälfte der Scheiben mit großen und kleineren Ausstechformen in Sternform ausstechen ❷.

**3.** Die andere Hälfte der Apfelscheiben in Stücke schneiden. Die Stücke jeweils so teilen, dass Dreiecke entstehen.

**4.** Beim Zusammensetzen des Baumes mit einem ausgestochenen Apfelstück beginnen, darauf jeweils die Dreiecke in Sternform anordnen ❸. Mit den größten Stücken beginnen und den kleinsten enden, sodass sich der Baum nach oben verjüngt. Zur Stabilisierung sollten wenigstens in jede zweite Lage einige Spaghettistückchen gesteckt werden, auf die die nächsten Stücke aufgesetzt werden können.

**5.** Auf der Baumspitze die Physalis anbringen und auf die Apfelzacken die Cranberrys legen.

# Passende Desserts

## Getreidebrei

**Für 4 Personen**

$^1/_2$ l Milch
100 g Grieß
1 Prise Salz
2 Eier
50 g Butter
2 EL Zucker
1 EL gehackte Mandeln

**1.** Die Milch zum Kochen bringen, den Grieß unter Rühren mit dem Schneebesen langsam einrieseln lassen. Das Salz zufügen und alles 8 Minuten lang köcheln lassen, dabei häufig umrühren. Vom Herd nehmen.

**2.** Die Eier trennen. Butter, Zucker und Eigelb verrühren und zusammen mit den Mandeln in den Grießbrei einrühren.

**3.** Eiweiß steif schlagen und unterheben. Den Brei in eine Schüssel füllen und kalt stellen.

**4.** Den Grießbrei vor dem Servieren zum Beispiel mit einem Erdbeerfisch (→ Seite 8), einem Sperlingstanz (→ Seite 36), einem Krebs (→ Seite 42) oder einem Krokodil (→ Seite 74) garnieren.

## Biskuitspeise

**Für 6 Personen**

4 Blatt weiße Gelatine
6 Eigelb
100 g Zucker
100 ml Milch
1 Päckchen Vanillezucker
$^1/_2$ l Schlagsahne
500 g Erdbeeren
2 EL Zitronensaft
4 EL Johannisbeersaft
200 g Löffelbiskuits
2 EL Pistazien

**1.** Gelatine einweichen. Eigelb und Zucker schaumig schlagen. Milch mit Vanillezucker leicht anwärmen, die ausgedrückte Gelatine darin auflösen und unter die Eimasse rühren. Kalt stellen. Beginnt die Masse zu gelieren, die steif geschlagene Sahne unterziehen. Kalt stellen.

**2.** Erdbeeren waschen und putzen. Eine Hälfte in Scheiben schneiden, die andere mit Zitronen- und Johannisbeersaft pürieren.

**3.** Die Löffelbiskuits zerbröseln, mit Creme und Erdbeeren in eine Schüssel schichten. Zum Abschluss die Pistazien aufstreuen.

## Helle Schokoladencreme

**Für 4 Personen**
125 g weiße Schokolade
$^1/_4$ l Schlagsahne
1 Eigelb
50 g Zucker

**1.** Die weiße Schokolade zerkleinern, zwei Esslöffel Schlagsahne zugeben und im Wasserbad schmelzen.

**2.** Nun das Eigelb mit einem Esslöffel im Wasserbad so lange schlagen, bis die Masse cremig ist. Die Schokoladenmasse unter die Eicreme heben.

**3.** Die restliche Schlagsahne mit dem Zucker steif schlagen und unter die Schokoladen-Ei-Masse ziehen. Nicht rühren, damit die Masse nicht in sich zusammenfällt.

**4.** Alles in eine Schüssel füllen und eine Stunde kalt stellen. Die Schokoladencreme zum Beispiel mit feschen Faltern (→ Seite 30), einem Mini-Mäuschen (→ Seite 10) oder leckeren Pinguinen (→ Seite 40) servieren oder die einzelnen Portionen jeweils in eine fruchtige Tasse (→ Seite 88) füllen.

## Brombeertrunk

**Für 1 Person**
100 g frische Brombeeren
1 TL Zitronensaft
1 EL Zucker
150 ml Buttermilch

Brombeeren waschen, abtropfen lassen und pürieren. Zitronensaft und Zucker zufügen. Buttermilch zum Beerenpüree geben und kräftig aufschäumen. Durch ein Sieb gießen.

## Karamellmilch

**Für 1 Person**
1 EL Zucker • $^1/_4$ l Milch
20 g Nugatmasse
1 Eigelb
1 TL Puderzucker

Zucker karamellisieren lassen. Mit der Milch ablöschen, kurz aufkochen. Nugat in der Milch schmelzen. Eigelb und Puderzucker verrühren, unter die abgekühlte Milch rühren.

# Rezeptverzeichnis



## Über dieses Buch

**Bildnachweis**
Alle Fotos: Iryna Stepanova und Sergiy Kabachenko

**Haftungsausschluss**
Die Inhalte dieses Buches sind sorgfältig recherchiert und erarbeitet worden. Dennoch können weder die Autoren noch der Verlag für die Angaben in diesem Buch eine Haftung übernehmen.

**Impressum**

Es ist nicht gestattet, Abbildungen und Texte dieses Buches zu digitalisieren, auf digitale Medien zu speichern oder einzeln oder zusammen mit anderen Bildvorlagen/Texten zu manipulieren, es sei denn mit schriftlicher Genehmigung des Verlages.



Weltbild Buchverlag
-Originalausgaben-



© Iryna Stepanova and Sergiy Kabachenko
© dieser Ausgabe 2007 by Verlagsgruppe Weltbild GmbH, Steinerne Furt, 86167 Augsburg


2. Auflage 2007


Alle Rechte vorbehalten



Projektleitung: Gerald Fiebig
Redaktion: Regina Sidabras
Umschlagfotos: Iryna Stepanova und Sergiy Kabachenko
Umschlaggestaltung: X-Design, München
Innenlayout und Satz: Dirk Risch, Berlin
Reproduktion: Point of Media GmbH, Augsburg
Druck und Bindung: Offizin Andersen Nexö Leipzig GmbH, Zwenkau

Gedruckt auf chlorfrei gebleichtem Papier

Printed in the EU

ISBN 978-3-89897-691-6


**Hinweis in eigener Sache**

Unsere Rezepte werden von erfahrenen Autoren kreiert und erprobt. Wir freuen uns jedoch über Anregungen, Tipps oder Kritik und helfen bei Fragen gerne weiter. Bitte wenden Sie sich an:
Weltbild Buchverlag, Steinerne Furt 67, 86167 Augsburg, oder schicken Sie uns eine E-Mail an: Gabriele.Beck@weltbild.com